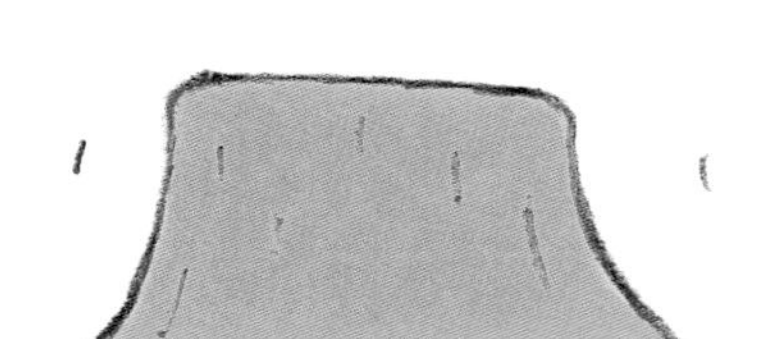

給我咬一口

圖文 黃郁欽 陶樂蒂

親子天下 Education・Parenting Family Lifestyle

肚子餓了。

給我咬一口！

不要！

真的好餓！

給我咬一口！

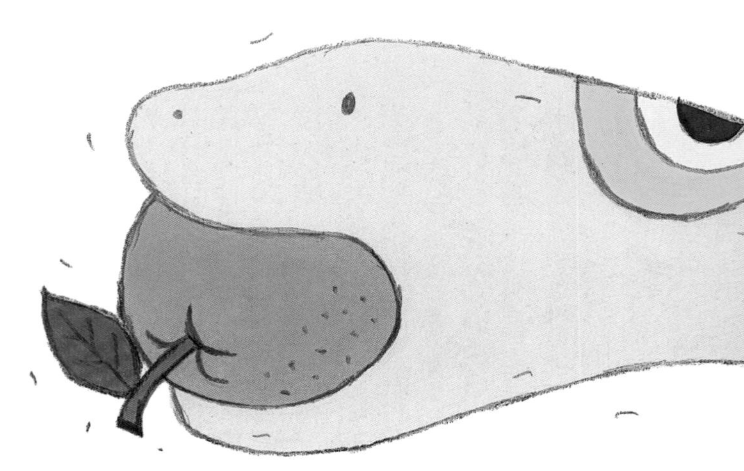

咬不到！

咬不到！

好ㄏㄠˇ餓ㄜˋ喔ㄛ……

給我咬一口！

你敢咬一口試試看！

餓得快受不了了啦！

給我咬一口！

我跟他開玩笑的啦～

哇ㄨㄚ！

給我咬一口！
去後面排隊。

給我咬一口！

給我咬一口！

給我咬一口！

給我咬一口！

給我咬一口！
給我咬一口！
耶！

沒ㄇㄟˊ有ㄧㄡˇ了˙ㄌㄜ。

好ㄏㄠˇ餓ㄜˋ喔ㄛ……

啊ㄚ！

啊ㄚ！

哈ㄏㄚ！

給我咬一口！

不要！

不要！

不要！

不要！

拜託給我咬一口啦～

肚子好餓……

只能咬一口喔！
好！

啊ㄚ～
嗯ㄣ！

給我咬一口

作繪者｜黃郁欽　陶樂蒂
責任編輯｜張淑瓊
特約美術編輯｜唐壽南

天下雜誌群創辦人｜殷允芃
董事長兼執行長｜何琦瑜
媒體暨產品事業群
總經理｜游玉雪
副總經理｜林彥傑
總編輯｜林欣靜
行銷總監｜林育菁
資深主編｜蔡忠琦
版權主任｜何晨瑋、黃微真

出版者｜親子天下股份有限公司
地址｜台北市 104 建國北路一段 96 號 4 樓
電話｜（02）2509-2800　傳真｜（02）2509-2462
網址｜www.parenting.com.tw
讀者服務專線｜（02）2662-0332　週一～週五：09:00~17:30
讀者服務傳真｜（02）2662-6048
客服信箱｜parenting@cw.com.tw
法律顧問｜台英國際商務法律事務所・羅明通律師
製版印刷｜中原造像股份有限公司
總經銷｜大和圖書有限公司　電話：（02）8990-2588
出版日期｜2014 年 9 月第一版第一次印行
2023 年 8 月第一版第九次印行
定　　價｜260 元
書　　號｜BCKP0132P
I S B N｜978-986-241-933-5（精裝）

訂購服務

親子天下 Shopping｜shopping.parenting.com.tw
海外・大量訂購｜parenting@cw.com.tw
書香花園｜台北市建國北路二段 6 巷 11 號　電話（02）2506-1635
劃撥帳號｜50331356 親子天下股份有限公司

立即購買 >

【作者介紹】

黃郁欽

學的是電影，一九八六年開始擔任電視編劇。喜歡天馬行空地幻想、自由自在地畫圖，所以於一九八八年開始創作繪本，一九九六年成立繪本創作團體「圖畫書俱樂部」，並擔任隊長。目前持續手製繪本的創作。 曾獲得國語日報社牧笛獎首獎、陳國政兒童文學獎優選、行政院環保署小綠芽獎、「好書大家讀」年度最佳兒童讀物獎，以及信誼幼兒文學獎圖畫書佳作。已出版的作品有《烏魯木齊先生的假期》、《誰要來種樹？》、《當我們同在一起》、《我有兩條腿》、《這是誰的？》、《好東西》及《不對、不對》。

陶樂蒂

生於台灣台北市，法律學碩士，喜歡畫圖才投入創作。因而加入成為「圖畫書俱樂部」的一員，開始繪本創作的生涯。曾獲得第九屆陳國政兒童文學獎圖畫書類首獎及第十四屆信誼幼兒文學獎佳作獎。除了兒童繪本創作，也為多位知名作家繪製封面及插圖。創作風格明亮、溫柔，喜歡使用大塊面繽紛的色彩。已出版的兒童繪本有《我沒有哭》、《媽媽，打勾勾》、《睡覺囉！》、《誕生樹》、《好癢！好癢！》。目前與同樣是繪本作家的先生定居台北，持續從事著繪本創作、插畫與寫作的工作。

【作者的話】

第一眼看到這本書的人，應該會把它歸類為一個關於「分享」的繪本。但是對我來說，我更希望它是一個關於「同理心」，甚至於是「人情義理」的繪本。

對於台灣古早的年代而言，大家的物質生活相對的匱乏，但是人與人之間的來往交流是單純而溫暖的。現在的小朋友擁有許多東西，因此所謂的分享，是把自己很多的東西裡面，分享一個出去。 可是在以前，大家的資源都很有限，分享出去，就代表自己擁有的會更少。因此這種分享就更顯得珍貴，而這份獨特的人情義理，也正是台灣人最寶貴的無形資產。